민들레 홀씨처럼 떠난 그에게 보내는 편지

더미를 찾아서

더미를 찾아서

민들레 홀씨처럼 떠난 그에게 보내는 편지

초 판 1쇄 2025년 12월 23일

지은이 더미
펴낸이 류종렬

펴낸곳 미다스북스
본부장 임종익
편집장 이다경, 김가영
디자인 임인영, 윤가희
책임진행 김요섭, 이예나, 안채원, 김은진, 국소리

등록 2001년 3월 21일 제2001-000040호
주소 서울시 마포구 양화로 133 서교타워 711호
전화 02) 322-7802~3
팩스 02) 6007-1845
블로그 http://blog.naver.com/midasbooks
전자주소 midasbooks@hanmail.net
페이스북 https://www.facebook.com/midasbooks425
인스타그램 https://www.instagram.com/midasbooks

© 더미, 미다스북스 2025, *Printed in Korea*.

ISBN 979-11-7355-628-9 03810

값 19,500원

미다스북스는 다음세대에게 필요한 지혜와 교양을 생각합니다.

더미를 찾아서

글·그림
Dumie

미다스북스

더미에게

난 꿈을 꿔.

난 백팩을 메고 모자를 눌러쓴 채 푸르른

동산에 나 있는 길 한복판에 서 있어.

난 꿈속에서 그 길 끝을 바라보고 있는

내 뒷모습을 보고 있지.

그리고 저 멀리 동산의 길 끝에서 네가

나에게 뛰어오고 있어.

난 널 끌어안기 위해서 두팔을 벌려.

– 한준 –

더 미
Dumie

그림과 조각품을 만들고 글을 쓰는 사람입니다.

특별히 그림 그리는 걸 좋아했던 건 기억나지 않지만

중2병이 오자 가벼운 것들에 대한 고찰력이 생기게 되었고

그걸 빌미로 그림에 빠져들었던 게 아닐까 생각해봅니다.

그 뒤 대학에서 패션디자인을 전공하고 졸업 후

패션 사업과 프리랜서로 활동하다 프랑스로

건너가 외국 물 좀 먹고 돌아왔습니다.

한국으로 돌아온 뒤에는 개인 작업과

각종 전시 활동을 하며 바쁘게

살고 있습니다.

dumie_kim

첫 번째 편지

믿고 싶지 않았던
그날의 상황을 되돌아보며

사랑하는 더미야

  난 지금 한국에 있고 오늘도 그날의 상황에 대해 생각하며 하루를 보내.

  여전히 너에 대해서 많이 생각하고 있어. 오늘 난 메리 셸리의 소설 『프랑켄슈타인』을 읽었는데, 마치 나 역시 빙산에 둘러싸여 있고, 언제라도 그들과 충돌해 부서질 위험에 처해 있는 것처럼 저항할 수 없이 자연의 거대한 포효 속에 갇혀 있는 것만 같아.

난 그때 네 병이 우리 모두를 얼마나 큰 슬픔에 빠뜨렸는지 기억해.

너의 건강은 나날이 쇠퇴하고 있었고, 난 네 눈에서 열광적인 불을 볼 수 있었어. 넌 너무 지쳐 있었고, 갑작스러운 흥분으로 발버둥 치려고 할 때마다, 또다시 빠르게 깊은 무기력에 빠져들었었지.

그래…. 난 2020년 5월 26일을 기억해…. 네가 갑자기 넘어져서 다시 일어서지도, 걷지도 못하게 되었던 그날을. 넌 이미 몇 해 전에 시력을 잃었기 때문에(예전 그의 눈은 사슴처럼 맑고 예리했었습니다.) 그날의 상황에 대해서 너에게 설명해 주려고 해.

2020년 5월 26일은 아내와 첫 결혼기념일이라 잠시 누나네 집에 널 맡기고 외식을 하기로 했었어. 그날, 난 널 그렇게 오래 혼자 두려고 한 것이 아니었어. 너와 난 누나 집에 함께 도착했고, 널 잠시 누나 방에 내려놓았지. 그 후 난 누나가 집에 돌아오면 볼 수 있도록 거실에 간단한 편지를 쓰고 있었어.

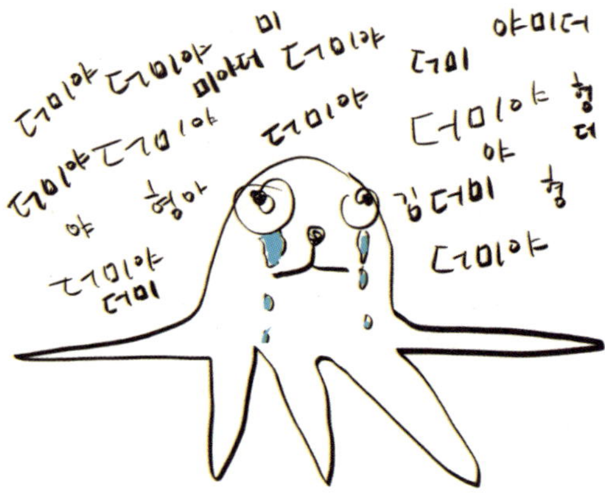

그때 널 내려놓았던 방에서 쿵 하는 소리가 났어. 내가 놀라서 방으로 뛰어 들어갔을 때, 난 네가 넘어져서 충격을 받았다는 것을 알 수 있었어. 넌 넘어진 채로 다시 일어나지 못하고 똑바로 앉아 있었지. 넌 넘어졌을 때 머리를 땅에 부딪쳤던 거야.

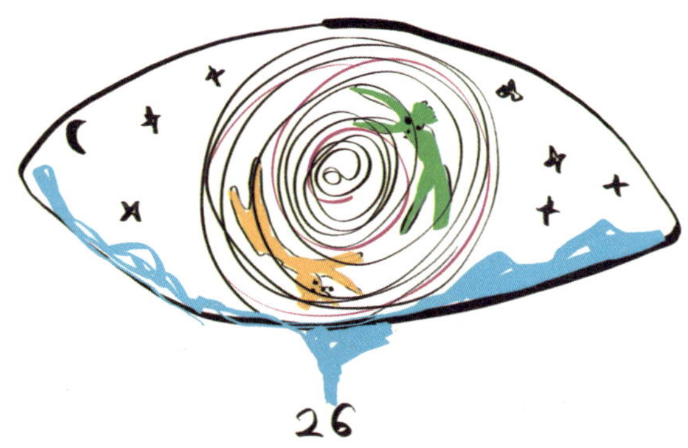

그리고 반사적으로 땅에 다시 앉았지만 매우 혼란스러워 보였어. 어린아이처럼 눈물을 흘릴 것 같은 보이지 않는 눈으로 내 목소리를 찾고 있었지. 하지만 그 이후에 어떤 일이 벌어졌는지 아무도 예상하지 못할 거야. 난 네 놀란 표정을 처음 보고 심장이 내려앉는 것 같았어.

그래서 서둘러 널 일으켜 세우기 위해서 안아서 일으켰고, 그 순간 네 머리는 90도로 회전하면서 갑자기 발작을 일으키기 시작했지. 네가 넘어지면서 머리를 바닥에 부딪쳤을 때, 이미 네 몸은 마비되었고 뇌의 일부가 손상을 입었다고 생각해.

난 그날을 내 인생에서 가장 격렬한 날(살면서 가장 무서웠던 날) 지옥의 끝까지 함께 갔던 날이라고 말하고 싶어. 네 몸이 너무 세게 회전하려고 했기 때문에 난 네 머리를 제자리로 되돌리기 위해 발작과 싸워야 했어.

내 한 손은 네 머리가 발작으로 돌아가지 못하도록 꽉 잡고 있었고, 다른 한 손은 네 엉덩이를 받치고 있었어. 난 1층에 있는 아버지와 어머니를 부르기 위해서 계속해서 소리를 질렀어. 대답 없는 그 잠시의 시간들이 나에게는 얼마나 길고 무섭게 느껴졌는지 몰라.

얼마 후에 누나와 아버지가 2층으로 뛰어 올라왔고, 우리는 네가 바닥에 기댈 수 있도록 담요를 깔아 주었어. 그리고 비참해진 네 입에 꿀물을 조금씩 넣어 주었어. 네 오른쪽 눈의 초점은 빠른 속도로 회전했고, 혀는 계속해서 왼쪽으로 나왔다가 들어가기를 반복했어.

그렇게 나와 누나는 변해 버린 널 바라보며 밤새도록 바닥에 함께 누워 있었어. 하지만 내가 정신적으로 얼마나 약해졌었는지 네가 알면 실망할 수도 있을 거야.

난 그 당시 네 모습에 너무 충격을 받고 놀라서 아무 생각도 나지 않았어. 네가 이토록 위태로운 상황에 처하게 되었다는 것이 실감조차 할 수 없었으니까.

우리는 이미 네 건강이 돌이킬 수 없을 정도로 악화되었다는 것을 알고 있었지만, 그때 당시 내가 희망을 포기하려고 했었다고 너에게 말하고 싶지는 않아….

우리는 네가 그날 아침 일찍 떠날 것이라고 예상했었지만, 우리가 잠에서 깨어났을 때 넌 계속 숨을 쉬고 있었고 여전히 네 한쪽 눈 초점은 빠르게 회전하고 있었어.

두 번째 편지

다시 돌아와 줄래?
우리가 처음 만난 그 여름밤으로

사랑하는 더미야

난 우리가 처음으로 만났었던 2006년 6월을 기억해.

우리는 우연히 길에서 만났었지. 어쩌면 2006년 그날, 넌 길을 잃고 누군가를 찾고 있었던 중이었을지도 몰라. 그리고 또 누군가는 널 찾고 있었을 수도 있지. 지금 난 2021년 8월 6일을 살고 있고, 한 달 후면 다시 프랑스로 떠나야 해.

만약 그럴 수만 있다면 후회의 감정들을 모두 던져 버리고 2006년 6월의 그날로 돌아가고 싶다. 널 처음 만났던 그 여름날로. 넌 그날을 기억하고 있을까? 난 아직도 너무 선명하게 느껴져.

오늘은 우리가 처음 만났던 운명적인 그날의 내 심정들에 대해서 너에게 말해 주고 싶어.

벌써 16년 전 일이네…. 2006년 6월 난 군대에서 제대한 지 2년 차인 25살, 아직 한참 어린아이였지만 스스로 어른이라고 생각하는 그런 아이였어.

그날은 주말이기도 했고, 난 오랜만에 친구들과 술을 마시고 집
에 가는 길이었어. 저녁 10시쯤 버스에서 내린 후, 길을 건너기 위해
횡단보도 앞에 서 있었는데 누군가 횡단보도를 향해 급하게 뛰어왔
어. 그는 내 오른쪽에 멈춰 섰고 불안해서 눈을 계속해서 깜빡이고
있었지.

그게 바로 너였어… 사실 그 도로는 매우 위험한 곳이었지. 8차선 도로로 차들이 빠르게 달리고 있었음에도 넌 마치 누군가에게 쫓기는 것처럼 계속해서 무단횡단을 시도하려 했었어.

그리고 출발선에서 차가 아슬아슬하게 네 앞을 스쳐 지나갈 때마다 넌 놀라서 눈을 질끈 감았어.

그런 널 바라보고 있으니 난 긴장돼서 술이 다 깨는 것 같았어.

그리고 나도 모르게 너에게 소리쳤어. "위험해! 이쪽으로 와."

넌 어깨를 잔뜩 움츠리고 잠시 날 바라보더니 조심스럽게 나에게

걸어왔지.

그렇게 난 널 붙들었고, 우린 함께 횡단보도를 건넜어. 조금은 우스꽝스러운 우리 둘의 모습에 멈춰 선 차들이 모두 우리를 쳐다보는 것만 같았어. 우리는 둘 다 서로 조금 놀라 있었고, 조금 어색하기도 한 상황이었기에 길을 건넌 후에는 서둘러 각자 길을 걸었지.

하지만 몇 발짝 걷다가 내가 오른쪽으로 고개를 돌려 뒤를 돌아
보았을 때 넌 없었지. 그리고 내가 알 수 없는 한숨을 쉬는 순간, 난
내 오른편에 바싹 붙어서 네가 걷고 있다는 것을 알게 되었어.

넌 너무나 아무렇지 않은 듯 해맑은 표정으로 날 바라보았지.

그 순간 난 널 돕고 싶다는 생각이 들었던 것 같아…. 하지만 앞에

서 말했던 것처럼 그때 난 스스로 어른스럽게 행동하기 위해서 노력

하던 어린아이였기 때문에 조금 더 차갑게 선을 그었던 것 같아. 내

가 책임지지 못할 인연을 만들지 말자고 스스로 다시 다짐했었지.

그리고 난 말없이 길 건너의 편의점으로 들어가서 우유와 소시지 하나를 샀어.

그 후 우리는 함께 공원으로 걸어갔고, 난 그것들을 너에게 주었지.

그런데 넌 우유를 한번 쳐다보고 다시 날 한번 쳐다볼 뿐, 계속해서 눈을 깜박거리기만 했어.

난 그 순간 네가 그런 우유 팩과 소시지를 한 번도 먹어보지 않았다는 걸 알 수 있었지. 소시지를 네 입에 조심스럽게 갖다 대자 그제야 넌 조금씩 그것의 냄새를 맡는 것 같았어. 그러더니 그때부터는 정말 허겁지겁 먹더라. 며칠을 굶은 것처럼.

난 잠시 동안 널 바라보았어. 그리고 난 아주 조심스럽고 빠르게 그 공원을 빠져나왔지.

넌 먹는데 정신이 팔려서 날 쳐다보지도 않고 먹고 있더라….

그렇게 난 한참을 걸어서 집 앞에 도착했어. 그리고 여느 때와 다름없이 낮은 벽에 걸터앉아 밤하늘을 바라보며 담배를 한 개비 피웠어. 밤하늘의 별이 무수히 빛나고, 네 모습이 떠오르더라.

그때는 널 거기 두고 도망친 것에 대한 미안한 감정을 느끼지 않으려고 했던 것 같아. 아무 생각도 하지 않으려고 노력했지…. 아무 일 없이 하루를 마치는 것이면 그뿐이던 군인 시절의 나처럼.

세 번째 편지

배의 갑판 위에
홀로 앉아 별을 쫓으며

사랑하는 그대들에게

언젠가는 우리가 하나의 존재라는 것을 깨닫게 될 독자들이여. 그리고 날아가지 못해서 안타까운 나 자신아, 잘 지내고 있니? 난 이곳에서 좋은 시간을 보내고 있어. 여느 때와 다름없이 물 한가운데 떠 있는 배의 갑판 위에 홀로 앉아 별을 쫓고 있지. 그리고 난 오늘도 만족할 수 없었어….

난 그대들도 달과 별들을 찾아 항해하고 있다는 것을 잘 알고 있어. 하지만 현재로서는 그대들이 얼마나 멀리 갔는지 잘 모르겠군. 당신들은 항상 내가 알지 못했던 달과 별을 찾고 있었기 때문에.

어쨌든, 지금 난 그대들의 조언에 감사하기 위해 이 편지를 쓰고 있어. 내가 당신들의 조언을 잊지 않고 모두 기억하고 있다는 것을 알게 된다면 조금 놀랄 수도 있을 거야.

난 한시도 그대들의 조언들을 가볍게 생각하지 않았어. 당신은 늘 내가 갖고 있는 두려움에 대해서 걱정했지만 난 오히려 그 조언을 듣고 난 후로 더 이상 복잡하지 않았어.

여기 그대들이 나에게 준 귀중한 권장 사항이 있어.

"만약 당신이 항해를 하고 있을 때, 어디선가 꿀처럼 달콤하고 잊혀지지 않는 아름다운 노랫소리가 귓가에 들려오면, 오디세이아의 책에 있는 지침과 같이 행동해야 한다네."

"그리고 돛대를 고정하는 나무통에 당신을 움직이지 못하도록 밧줄과 사슬로 꽁꽁 묶어 달라고 동료들에게 부탁하게."

또한 내가 그 밧줄을 풀어 달라고 애원하거나 명령하더라도 절대 날 풀어 줘서는 안 된다고 쓰여 있었지. 그래 내가 주의해야 했던 것은 '세이렌의 저주'였던 거야. 그 순간 난 오디세이아의 한 페이지를 장식하고 있는 그림 속으로 내가 들어가 있는 것을 발견하게 되었어.

그렇다면 지금 이 순간 책 속에 그려져 있는 내 모습을 위에서 바라보고 있는 것은 누구라고 설명할 수 있는지… 난 마치 큰 재앙의 한가운데 내가 휩싸여 있는 것을 뒤늦게 알게 되었을 때처럼 아찔한 울렁거림이 몸속 깊은 곳에서 목구멍 위로 쓰나미처럼 올라오는 것을 느꼈어.

더 이상 아무것도 내 마음대로 움직여지지 않았고 숨소리만이 내 귓가에 크게 울려 퍼지기 시작했어.

그럼에도 내가 유혹의 노래에 흔들리지 않고 지나갈 수 있었던 것은 그 고통을 견뎌 내었기 때문이 아니라 그 순간 어떤 움직임도, 표현도 할 수 없었기 때문이야. 지금이야 그 끔찍한 순간 속에서 내가 몸부림을 칠수록 나의 숨통이 더 조여올 것을 예상했다고 생각하지만 사실 큰 혼란에 빠지면 우리는 아무것도 할 수가 없어. 난 그저 고통스러워하는 내 모습을 입을 벌린 채로 바라만 보고 있었지….

늘 그렇듯 위기를 극복한 후에는 시련을 조금 과장하고 싶은 유혹이 꿈틀거리지만 이 정도가 적당한 표현인 것 같아. 항상 날 걱정해 주고, 믿어 주는 고마운 그대들이여. 늘 내가 알고 있는 나 자신보다 더 좋은 사람으로 날 생각해 줘서 고마워.

하지만 난…. 당신들처럼 Arété의 제자가 되고 싶지는 않아. 사실 그게 뭔지도 잘 모르겠어.

사랑하는 그대들이여,

나의 마음을 담아서 이 편지를 마치겠습니다.

네 번째 편지

넌 어떻게 우리 집을
찾아올 수 있었니?

사랑하는 더미야

벌써 네가 이 세상을 떠난 지 1년이 지났어.

난 아직도 네가 날 처음 불렀던 그날을 떠올리면 믿어지지 않아. 우리가 처음 길거리에서 만났던 날, 우리는 잠시 공원에서 짧은 만남을 한 후에, 난 널 그곳에 남겨 두고 집에 왔어. 아! 여기서 우리 집과 그 공원과의 거리를 설명하지 않을 수가 없구나.

첫 번째 편지

만약 처음으로 우리 집을 찾아와야 하는 누군가에게 집에 오는 방법을 설명해 줘야 한다면, 난 잘 설명할 자신이 없어… 차라리 직접 마중 나가는 것을 선택할 거야. 그 정도로 멀고 복잡한 길이니까.

어쨌든 난 그날 널 공원에 혼자 남겨 두고 집으로 돌아왔었지. 아쉬웠던 너와의 짧은 만남을 뒤로한 채. 내가 집에 왔을 때 이미 엄마와 아빠는 주무시고 있었고, 누나만 아직 안 자고 있었어.

난 누나에게 너와의 만남에 대하여 이야기하고 싶었기 때문에 누나 방으로 들어갔고, 조금 전에 있었던 일들에 관해 설명하기 시작했지.

…(생략) 그는 편의점에서 파는 소시지를 처음 먹어 보는 것 같았다고…. 그러자 누나는 왜 그를 집으로 데리고 오지 않았냐고 나에게 말했어. 순간 지금까지 옳은 결정을 했다고 믿었던 내 판단이 흔들리는 게 느껴졌지.

하지만 애써 태연하게 그건 옳지 않은 일이라고 대답했어. 왜냐하면 난 누나와 다르게 'Aréte' 의 제자가 될 마음이 없었으니까. 그럼에도 속으로는 널 데려오지 못한 날 자책하며, 누나와의 짧은 대화를 마친 후 난 샤워를 하러 화장실에 들어갔어.

그렇게 샤워할 준비를 하고 있었는데, 갑자기 누나가 화장실 문을 다급하게 두드렸지. 누나는 다급해진 목소리로 지금 밖에서 누군가의 비명 소리가 들린다며 나가 봐야 한다고 소리쳤어.

무슨 일인지 확인하기 위해서 창문을 열어서 내다보았지만 안개 때문에 아무것도 보이지 않는다고 했지. 그리고 혹시 절규하는 듯한 저 소리가 조금 전에 네가 만났던 그가 아닌지 물었어. 난 사실 누나의 질문이 어이가 없었어. 그래서 그냥 말도 안 되는 소리 하지 말라고 했지.

그럼에도 불구하고 누나는 곧장 밖으로 나갔어.

"아… 누나는 진짜 말릴 수가 없어." 결국 나도 화장실에서 다시 옷을 걸쳐 입고 나왔지. 누나를 돕기 위해 서둘러 따라 나가야 했어.

내가 엘리베이터를 타고 1층에 도착했을 때, 이미 누나는 네가 소리를 못 지르도록 너의 입을 감싼 채 너를 품에 안고 엘리베이터 쪽으로 돌아오고 있었어. 난 그때 너의 눈빛을 잊을 수가 없다.

난 그게 너였기 때문에도 너무 놀랐지만, 그 당시에는 너에게서 나는 피비린내 때문에 조금 전에 무슨 일이 있었던 것인지가 더 궁금했어. 너의 비명 소리와 피비린내가 내가 알고 있는 유일한 정보였기에 난 네가 교통사고를 당했거나, 누군가에게 공격당했을 거라고 생각했어.

나보다 더 다급해 보였던 누나는, 조금 전에 일어났던 상황에 관해 설명할 마음이 없어 보였지.

일단 우리는 빨리 집으로 같이 올라가야 한다고 했어. 단지 엄마 아빠가 깨지 않도록 조용하라고만 나에게 당부했어. 그렇게 난 궁금한 것도 묻지 못한 채, 누나 방문 앞에서 귀를 갖다 대고 소리만 훔쳐 듣다가 결국 내 방으로 가서 잠이 들었지.

너가 도대체 어떻게 이곳에 온 것인지 너무 궁금했지만 누나가 나에게 조용히 하라고 했기 때문에… 그저 난 네가 우리 집에 온 것이 엄마와 아빠에게 들키지 않기만을 바랐을 뿐이야. 네가 어떤 모습으로 우리 집 앞에 나타났는지, 왜 그렇게 비명을 지른 건지, 너무나 궁금했던 2006년 6월의 어느 날 밤은 그렇게 지나갔어.

다섯 번째 편지

노오란 민들레꽃
한 송이

사랑하는 그대들이여,

내가 지내고 있는 이곳은 꿈처럼 상상할 수 없는 일들이 너무 많이 일어난다네.

믿을 수 없겠지만, 난 지금 몸이 공중에 떠 있는 채로 누구인지 중요하지 않은 그대들에게 편지를 쓰고 있지. 그리고 때때로 난 영혼이 빠져나간 사람처럼, 나 자신의 모습을 멀리서 지켜볼 때도 있어. 침대 옆에 빈 술병을 보니 술을 너무 많이 마신 것 같아.

꿈에서 난 누군가에게 편지를 쓰고 있었는데, 편지에서 2021년 8월 6일 자로 된 명확한 글자를 보았어.

그리고 창밖에는 빨간 지붕의 집들과 백발의 할머니, 할아버지가 이야기를 나누며 길을 걷고 있었지. 난 그들의 대화를 들을 수 있었지만 무슨 말인지 전혀 이해할 수가 없었어.

그러나 확실한 것은 꿈의 기억이 지금보다 훨씬 더 현실적이었고 꿈처럼 보이지 않았다는 거야. 이 낯선 사람들은 누구였을까? 왜 그런 꿈을 꿨을까?

꿈속에서 난 너무 마음이 아팠었고, 마치 외국에 와 있던 기분이었던 것 같아.

난 거기서 왜 편지를 쓰고 있었을까?

그때 꿈속에서 보았던 날짜가 2021년 8월 6일이라면 지금은 도대체 며칠인 거지? 아… 모든 것이 불확실하다….

지금 이 순간도 나의 꿈과 기억은 계속해서 뒤섞이고 있어.

내가 다시 눈을 감고 미간을 찡그리는 순간, 시간은 1995년 12월을 가리켰고, 어린 강아지와 함께 달리고 있는 내 모습이 보였어.

그 순간 카메라가 Zoom in 하듯이 나의 모습을 확대했어.

난 모든 장면을 지켜보며 카메라의 움직임을 계속해서 따라갔지.

그리고 얼마 지나지 않아서 울고 있는 나 자신을 보았고, 눈에서
눈물이 흐르는 것을 느꼈어.

뜨거운 눈물이 내 피부에 닿는 순간 빠르게 뛰던 심장이 정상으
로 돌아오는 것을 느꼈고, 난 꿈이었음을 확인하기 위해 심호흡을
했지….

그래…. 널 혼자 놀게 내버려두지 않았으면 그렇게 죽지 않았을
텐데….

그리고 내가 꿈에서 벗어나려고 눈을 뜬 순간 민들레 홀씨 또는 그보다 더 밝은 흰색 깃털들이 내 침실 창문을 통해 들어왔어.

그것들은 마치 작은 구름 같았지. 그 구름 같은 깃털들은 어느새 내 침대와 책상 위에 소복이 내려앉았고, 점차 내 침실 바닥까지 가득 채워 갔어.

그리고 마지막 하나의 홀씨가 날아와서 내 코끝에 살포시 떨어졌어.

그 순간 깃털은 노오란 빛을 강하게 발산하였고 이 찬란한 빛과

함께 어우러졌던 수많은 홀씨의 모습은, 마치 비행기 창을 통해서

나 내려다볼 수 있는 구름과 태양의 아름다운 풍경처럼 느껴졌어.

그리고 그 후 나의 손에는 노오란 민들레꽃 한 송이가 쥐어져 있었지. 그래…. 그래서 난 왼쪽 셔츠 주머니에 꽃을 넣어 내 심장 가까이에 두었어.

여섯 번째 편지

너의 멜로디

사랑하는 더미야,

네가 우리 집 앞에 나타났던 그날 밤의 모습이야.

난 아직도 이 신비로운 이야기의 출처를 찾고 싶어서 철학 책들을 뒤적이고 있단다. 자연의 모든 것들은 자신의 어머니가 부여한 본질과 의지를 드러내기 위해서 존재한다고 해. 그래서 난 네가 우리 집 앞에 찾아왔던 그날의 너의 의지에 대해서 생각해 보게 되었어.

여섯 번째 편지

그리고 그때 네가 나에게 보여 주었던 그 의지가 너의 본질이었다는 것을 깨닫게 되었지. 그래, 그 행위 자체가 너였었어. 너와 15년을 함께 살면서, 난 항상 너에게는 너만의 특별한 멜로디가 있다는 것을 느꼈었어.

네가 나에게 표현했던 모든 모습이 너의 어머니였음을… 오늘 난 그 모든 행동이 너의 본질이었음을 다시 한번 깨닫는다.

그래, 널 설명하기 위해서 그날 밤의 운명적인 이야기를 안 할 수가 없겠구나.

그날 밤 누나가 밖에서 들리던 비명 소리에 뛰어나갔을 때, 아파트 밖은 자욱한 안개로 둘러싸여 있었고 저 멀리서 희미한 형체가 보이더래…. 안개 속에서 하늘을 향해 크게 소리 내 울고 있던 너의 모습은 그 주변에 있던 모든 사람을 놀라게 하기에 충분히 강력했지.

경비 아저씨들까지 모두 뛰어나왔었으니까… 그것이 아마 너의 형태에 대한 의지였을 것이라고 생각해.

그리고 그런 인연의 끈을 잡아 준 누나에게 감사하게 생각하고 있어. 난 비록 너의 신호를 알아채지 못했지만, 누나가 너와 나를 연결해 준 것은 충분한 근거가 있었다고 생각해. 그럼에도 만약 누군가 우리의 인연에 대해서 의구심을 갖는다면, 너의 엄마와 나의 엄마는 우리가 당연히 만나야 할 운명이었다고 대답해 줄 거야.

그날부터 우리는 가족이 되었고, 15년이라는 시간을 함께 보냈지.

너무 소중했고 짧았던 그 시간을 돌이켜보면 행복했던 시간보다는 후회와 반성에 사로잡힌 채로 너의 얼굴을 떠올리게 되지만… 그래도 그 마음 아픔 너머에 특별한 너의 존재가 항상 가득 채워져 있어서 너무나 감사하고 사랑한다고 말하고 싶어.

항상 밝고 사랑스러웠던 존경하는 내 친구야!

하늘나라에서 '방울이', '규리', '꼬맹이', '두리' 모두 모두 함께 잘 지내고 있지?

일곱 번째 편지

여섯 개의 별과
하늘 지도

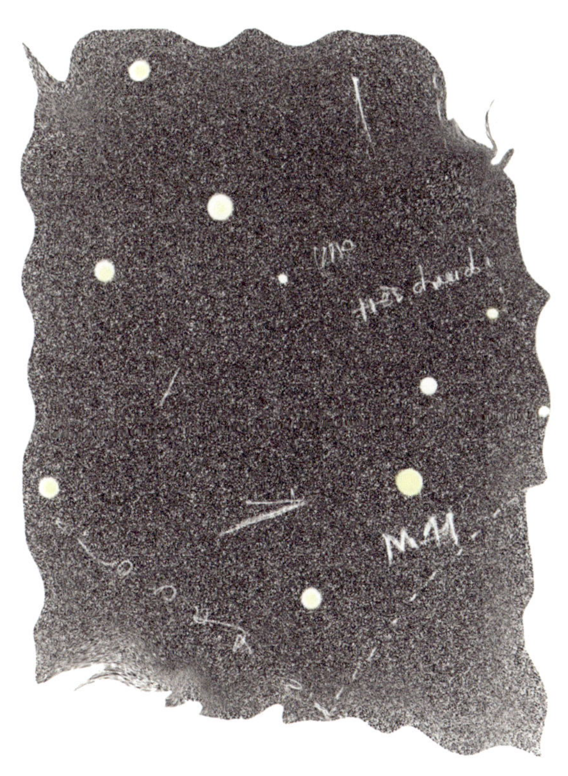

사랑하는 독자들에게,

그대들이 보내 준 초록색 박스를 잘 받았다오. 상자 위에 있는 미역 줄거리 같은 것들을 걷어 내니, 그 위에는 여섯 개의 별이 그려져 있었지. 그리고 난 그 속에서 오래된 지도와 바다 냄새가 나는 당신들의 편지를 찾을 수 있었어. 편지는 "너의 민들레꽃을 위하여"라는 문구로 시작되었고, 내가 그다음 줄을 읽으려고 했을 때 글씨들은 점점 희미해지너니 사라져 버렸어.

하지만 난 포기하지 않고 남아 있는 철자들을 조합해서 여섯 개의 단어를 만들어 냈지.

Aludra, Western, Adhara, Phurud, Murzam, Sirius

이 단어들이 상자 위에 그려진 여섯 개의 별과 연관이 있다면 좋겠지만, 만약 그게 아니었다고 해도 난 저 sirius 라는 이름에서 왠지 모를 확신이 생겼었어.

그렇게 난 지도를 손에 든 채 희뿌연 안개 속의 항해를 시작했지. 그리고 얼마 가지 않아서 저 멀리 파도 위를 헤엄치는 한 남자를 보았어. 자세히 들여다보니 그 남자는 누군가로부터 도망치는 것 같았는데 앞으로 나아가지 못하고 삶과 죽음의 경계선에서 맴돌고만 있었지.

강한 바람과 넘실대는 물결이 그를 이리저리 실어 날랐는데 바람은 그를 파도 속으로 깊숙이 밀어 넣었다가 일순간 간신히 수면 위로 떠오르게 해 생사만 확인하는 것 같았어. 바람과 파도는 도망치고 있던 남자에게 무척이나 화가 난 것처럼 보였지.

그러다 갑자기 가슴이 철렁하고 내려앉으며 나의 심장이 빠르게 뛰기 시작했어. "혹시 저 사람이 나인 걸까?"라는 생각을 떠올렸을 즈음. 그 후 난 잿빛 터널 속으로 빠르게 빨려 들어갔고 그곳을 통과하자마자 넘실대는 파도 속에서 시커먼 물을 한 움큼 삼키며 허우적거리고 있었지.

내 눈앞에는 장대비와 잿빛 하늘이 거친 파도에 뒤섞여 춤을 추고 있었고 내 고막으로 울려 퍼지던 물 들어오는 소리는 파도가 나에게 이미 너는 가라앉고 있다고 말하는 것 같았어. 난 눈을 질끈 감고 이것은 꿈이라고, 난 거기 있지 않았다고 소리쳤지. 그러자 어느 순간 난 그의 시선에서 빠져나와 그를 멀리서 관망하는 입장으로 바뀌었어.

난 곧장 더 높이 하늘로 날아올라 빠르게 내 손을 확인하고 파도 속에서 허우적거리는 그가 내가 아님을 다시 한번 확인했지. 그리고 난 더 높이 더 멀리 그곳에서 벗어나기 위해 발로 하늘을 차는 시늉을 반복했어. 그러다 어느 순간 너무나 적극적인 내 모습이 부끄럽다는 생각이 들어서 모든 동작을 멈추었지.

그리고 이번에는 그가 나뿐만 아니라 내가 알고 있는 그 누구도 아니라는 것을 확인하고 싶어졌어. 난 주머니에 손을 넣어 나의 꽃을 꺼내 보았지. 그를 지금에서야 확인한 것이 미안했지만 난 그저 내가 안전하다는 것으로 기뻐하며 바람을 타고 빠르게 그곳을 벗어났어.

나의 Sirius 별을 찾아서.

여덟 번째 편지

이기적인 나,
자유를 빼앗긴 너

사랑하는 더미야

너의 젊음은 그렇게 시들었고, 우리는 2014년이 되어서야 비로소 다시 함께 살게 되었어. 그땐 내가 인생의 큰 실패를 맛보았다고 느낀 시점이었지. 지금 생각해 보면 그런 건 존재하지 않았어.

하지만 또다시 새로운 일에 매진해서 그 실패를 만회하려고 노력했었어. 늘 저녁 늦게서야 집에 돌아왔었고, 그때마다 넌 항상 나와 함께 잠자리에 들기 위해 날 기다려 줬었지.

그래, 그 시절은 목표를 잃어버린 나에게 조금 힘든 시기였던 것 같아. 불행한 사고로 인해 너의 시력을 잃은 해이기도 하고… 하지만 그것에 대해서는 이 편지에서 언급하지 않을게.

너무나도 사랑스러웠던 더미야!

오늘은 우리가 함께 보냈던 2006년부터 2020년 5월 30일까지의 15년 중 2010년부터 2014년까지인 5년의 시간을 너에게 말하려고 해.

넌 2010년부터 5년 동안을 가족과(나, 엄마, 아빠) 떨어져서 누나와 함께 살게 되었지. 너의 시간을 환산해서 생각해 본다면 너의 20대부터 50대까지를 누나와 함께 살았더라고.

불행하게도 누나도 항상 일을 하러 나갔다 저녁이 되어서야 집에 돌아왔기 때문에, 넌 오후 내내 늘 그곳에 혼자 있어야 했지. 물론 두리(함께 사는 강아지)와 고양이들도 있었지만, 넌 그들에게 의지하는 편이 아니었지.

난 가끔 너와 누나를 보러 갔을 뿐…. 그 당시 너의 외로움에 대해선 생각해 보지 못했어.

그때는 단지 나의 일들이 우선이었으니까. 만약 그때의 날 만날 수 있게 된다면 펑펑 울 때까지 때려 주고 싶어. 내가 너무 이기적이었으니까. 난 그 당시 내 모습을 통해 무지한 탐욕이 얼마나 주변 사람을 배려하지 않게 만드는지 생각해.

난 그저 나의 일에서 성공하는 삶만을 꿈꿨고, 그 과정에서 내가 돌보지 못한 것들이 모두 날 이해해 줄 것으로 생각했어. 목표를 위한 나의 노력이, 그 고통을 해결하는 것이 제일 중요한 우선순위였으니까. 늘 날 따라오는 무게인 것을 모르고 곧 날려 버릴 수 있다고 생각했나봐.

그래, 지금 아무리 내가 그때의 나를 밟고 올라서서 해탈한 듯한 미소를 지어 보아도 내가 얼마나 바뀔 수 있었을까…. 난 그저 계속 과거에 살고 있을 뿐이야.

내 낡은 서랍장은 버릴 수 없는 추억들로 가득 채워져 있어. 그때의 우리, 젊은 날의 너의 모습…. 2011년 우연히 집에서 찍힌 사진 속 너의 젊은 시절 모습은 예리하고 강렬한 눈빛을 가졌었고 당장이라도 힘차게 뛰어올 것 같은 에너지가 느껴진다. 하지만 날 바라보는 슬픈 눈망울이 이곳에서 꺼내 달라고 말하는 것만 같아.

난 그 사진을 예전에도 봤을 텐데 왜 이런 생각을 하지 못했을까?

네가 그렇게 힘든 표정이었는데도 말이야. 내가 너의 젊은 시절 모

두를 날려 버린 거야⋯. 왜 그때 난 그토록 나만 생각했을까.

넌 얼마나 많은 시간을 혼자서 싸워야 했었니.

정말 미안해⋯. 네가 너무도 그립지만 난 보고 싶다고 말할 자격

도 없어. 그래, 다시 또 편지할게.

아홉 번째 편지

문어와
수백 개의 감정

사랑하는 그대들이여,

Wesen 별은 온통 새하얀 구름으로 이루어져 있다오.

하지만 그대들이 생각하는 별은 아닐 것 같아. 당신들이 알고 있는 별과 내가 알고 있는 별은 완전히 다를 것이라고 생각해 왔기에. 지난번에 갔었던 Aludra 별이 칠흑처럼 어둡고 추웠던 것에 비해, 이곳은 마치 솜사탕처럼 화이트 컬러와 연분홍 컬러가 뒤섞인 부드럽고 따뜻한 곳이지.

구름은 마치 산처럼 이곳저곳 위로 솟아 있었고, 난 마치 파아란 하늘을 닮은 바다 위를 항해할 수 있었지.

그대들은 나에게 그것은 하늘이라고 말할 것이 분명하지만, 지금 부터 내가 하는 이야기를 듣고도 그런 말을 할 수 있을지 모르겠군.

내가 한참 하늘을 닮은 바다 위를 달리고 있었을 때, 일순간 불어 온 강한 바람으로 인해서 난 일체의 반항도 못하고 소용돌이가 치고 있는 바닷속으로 끌려 들어가고 말았어.

그때, 그 소용돌이 옆에 위치한 고요한 바닷속에서 여러 개의 팔 이 솟아올랐지.

이 신비한 일을 어떻게 설명할 수 있을까?

나의 겁쟁이 동체 시력과 뇌는 일순간에 그것을 실제보다 부풀려 거대한 괴물로 만들어 냈지만, 사실 그것은 문어였어. 난 눈 깜짝할 사이에 그에게 잡혀서 끝이 없는 바닷속으로 빨려 들어갔지. 내가 눈을 떴을 때 난 문어가 들고 있는 반짝이는 조개껍데기들에 둘러싸여서 보호받고 있었고, 문어의 팔에 편안하게 안긴 채 그녀가 주는 달콤한 물을 마시고 있었어.

　그리고 그 옆에는 그녀의 알들로 추정되는 하얀 돌들이 가득했지. 순간 난 신호등에서 널 처음 보았을 때처럼 걱정스러운 마음에 가슴이 철렁하고 내려앉았어. 그런 감정이 어디서부터 오는 것인지 잘 모르겠지만, 하얀 돌들이 나의 일부처럼 느껴졌던 것 같아.

　하지만 불행하게도 문어의 눈은 기력이 하나도 없어 보였고, 우리를 보호하기 위해 방패처럼 들고 있던 조개껍데기도 들고 있기 힘겨워 보였어.

난 그녀가 곧 떠날 것이라는 걸 알 수 있었어. 하지만 난 Aréré의 제자가 되고 싶지 않았기 때문에 문어가 떠나기 전에 내가 먼저 떠나야 한다고 생각했지….

그녀는 자신의 마지막 순간이 다가오자 수십 개의 하얀 돌들에게 말없이 눈물을 흘렸고, 자신의 다리에 달린 수백 개의 돌기들 속에 들어 있는 수백 개의 감정들을 나에게 선물했어.

난 그가 안쓰러웠지만 내가 수백 개의 감정을 갖게 된 것이 숨길 수 없이 기뻤지. 너무나도 자랑스러웠어. 하지만 이제 더 이상 지체하게 되면 안 될 것 같았기에 난 그가 안고 있던 하얀 돌들을 헝겊 천 속에 빠르게 옮겨 넣은 후 오늘 처음 보게 된 나의 잠수 비행기에 올라탔어.

그렇게 난 다시 항해를 시작했지. 어딘지 모를 그곳을 향해서.

열 번째 편지

너의 순수했던
모습을 존경해

사랑하는 더미야.

넌 언제가 가장 행복했니? 가장 힘들었을 때는? 혹시 내가 프랑스로 떠나기 전 1년의 시간이 너에게 가장 행복했니? 그때 우리는 매일 저녁 함께 산책을 했고 매일 매일을 붙어 있었으니까.

난 우리의 시간이 얼마 남지 않았다는 것을 혼자서만 다 알고 있었던 거야… 너에게 설명해 줄 수 없어서 너무나 마음이 아팠어.

마침내 우리에게는 이별의 순간이 찾아왔고, 프랑스로 떠나기 전
날 저녁 너에게 인사를 하기 위해서 널 안았을 때, 아무것도 설명해
줄 수 없어서 난 눈물만 흘렸었어.

하지만 내가 아무리 슬퍼한다고 한들 그 사실이 널 위로해 줄 수 없다는 것을 난 잘 알고 있었어. 난 네가 하늘로 떠나고 난 뒤 수많은 눈물을 흘렸지만 그 어떤 순간도 나의 눈물에 떳떳하지 못했어. 결국 난 내 감정에 취해서 우는 것일 뿐이야. 어리석은 사람이지….

그럼에도 이유 없이 눈물이 날 때면, 네가 날 보고 싶어서 울고 있기 때문에 나도 눈물이 나는 것이라고 스스로에게 말했지.

미안해! 우리 이제 슬픈 얘기는 그만하기로 했었지. 하지만 이런 것조차도 난 너무 소중해….

그래! 내가 프랑스로 떠나기 전 우리가 보냈던 1년의 시간은 나에게 정말 많은 추억을 주었어. 우리가 매일 밤 산책할 때, 나의 목소리를 따라서 네가 한발 한발 힘차게 걸을 때면, 난 너무도 행복했고 네가 너무 자랑스러웠어. 넌 아무것도 볼 수 없었지만 믿을 수 없을 만큼 긍정적이고 용감했지.

어떻게 그토록 순수하게 내 목소리만을 의지한 채 뛰어올 수 있었을까….

가끔 소리의 방향을 잘못 판단하고 돌담이나 나무에 부딪쳐 넘어지게 되더라도 넌 그저 조금 아파할 뿐 금세 일어나서 다시 내 목소리를 찾아 새롭게 걷기 시작했지.

그러다 가끔 예전과 같이 눈앞에 펼쳐진 잔디밭이 보이기라도 하는 것처럼 뛰는 시늉이라도 할 때면 난 가슴이 너무 벅차 표현할 수 없이 기뻤어.

너의 그 사랑스러웠던 눈빛과 무모할 정도로 순수했던 용기는 지금도 나에게 큰 울림을 준다.

내가 갖고 있지 않은 너의 순수한 모습과 용기를 난 그 무엇보다
도 존경한다고 말해 주고 싶어. 그리고 지금도 눈을 감고 네가 뛰어
놀던 모습을 떠올리면 행복한 미소를 짓게 된단다.

넌 그 어떤 존재와도 비교할 수 없을 만큼 나에게 특별했어.

우리는 어린 왕자의 말처럼 서로에게 완벽하게 길들여졌었나 봐.

하지만 이 소중한 기억을 온전히 행복이라고 말할 수 있을지 모르겠다. 네가 오랜 시간 날 기다리면서 받았을 고통을 생각하면 너무 마음이 아프니까….

하지만 더미야, 지금 난 괜찮아!

지금의 어려움은 네가 받았던 고통에 비하면 아무것도 아니야. 우리의 모든 추억을 기억할 거야. 널 잊지 않기 위해서.

열한 번째 편지

양떼구름과 소나기

사랑하는 그대들에게,

요즘 들어 가끔 시계 초침 소리가 들렸다가 안 들리기를 반복할 때가 있어. 난 오랜 여행으로 인해서 조금 지친 것 같아. 그리고 오늘은 Sirius 별로 가기 위해 구름 언덕을 한없이 걸어 다녔지. 아! 내가 시계 초침 소리를 듣게 되는 상황은 대부분 내가 나의 민들레꽃을 생각할 때였던 것 같아.

그럴 때마다 난 더 힘을 내서 이동했지. Sirius 별에 빨리 도착하기 위해.

하지만 한 걸음 한 걸음 걸을 때마다 발이 구름 깊이 빠졌기 때문에 난 무척이나 힘들었어.

문어에게서 수백 개의 감정을 선물 받았을 때 난 무척이나 기뻐했지만, 그것이 당신들에게 자랑할 만한 것은 아니었던 것 같아.

지금은 잠시 구름 위에 올라타 그대들의 편지를 읽고 있어. 구름은 걷지 않고, 잠시 쉬어 가기에는 너무나 편안하게 느껴져. 난 오늘 당신들의 편지에서 내가 반드시 지켜야 하는 문구를 발견했어.

나의 생각이 맞다면 현재 이곳은 Murzam 별이라고 생각해.
그대들이 말했던 수많은 암소와 양 떼가 이곳에 있기 때문이지.

그리고 어느 순간 누추한 복장의 수염이 가득한 남자가 내 옆에 나타났어. 그는 조금 전에 내가 읽었던 지침과 비슷한 내용의 문장들을 중얼거렸지. 그리 큰 목소리를 갖고 있지는 않았지만 아래턱에 잔뜩 힘을 주고 있었고 본인이 강조하고 싶은 단어가 나오면 턱을 힘껏 앞으로 내밀고 발음하였어.

저짝에 태양의 아씨와 봉오라지서 뛰놀고 있는 신들린 암소들 그
라고 무리지가 걷고 있는 양 떼들이 보일 것인디,

만약 느가 그 무리를 울라거나 휘비놓으면 태양의 아씨가 다 없

었던 것으로 돌려놓을 것이구먼.

한 번에 알아들을 수 없는 사투리였지만 대충은 이해할 수 있었어. 나에게 아주 쉬운 지침이라고 생각했지.

왜냐하면 난 Wesen 별에서 문어로부터 수백 개의 감정을 선물 받았기 때문에 그들을 헤치지 않을 자신이 있었으니까.

난 그저 하얗고 예쁜 양을 안은 채 함께 노래를 불렀고, 그와 함께 시간이 존재하지 않는 신비한 공간을 산책했어.

난 잠시나마 편안함을 느끼기도 했지만, 한편으로는 조금 쓸쓸하게 느껴지기도 했지. 모든 것들이 실제로 존재하지 않는 것처럼 날 혼란스럽게 했기 때문에.

그때 어디에선가 향긋한 꽃향기가 느껴졌고, 그 순간 내가 민들레를 위해서 Sirius 별을 찾고 있었다는 것이 떠올랐어. 잠시 잊고 있었던 거야.

126

난 서둘러 양에게 이제 이 별을 떠나야 한다고 말했어. 우리는 헤어져야 한다고 말했지. 양은 그저 눈만 계속해서 깜빡거렸어. 난 수백 개의 감정으로 그를 안고 위로해 주었어.

그리고 좋았던 기억을 그에게 담아 주었지. 하지만 난 그것이 양에게 독이 될 줄은 몰랐던 거야. 내가 sirius 별로 가기 위해서 배에 올라타는 순간 결국 양은 쓰러져 버렸으니까.

127

그리고 순식간에 모든 양이 구름으로 바뀌어 버렸고 그 구름들은 비를 내리기 시작했어. 그렇게 나의 배도 구름 속으로 가라앉기 시작했지. 난 그제야 내가 그들을 헤친 것이라는 것을 알게 되었어. 이제 그대들의 지침을 어겼기 때문에 모든 것이 끝나는 것만 같았지.

거센 바람이 불기 시작했고, 어느새 Aludra 별에서 보았던 성난 파도가 날 이쪽저쪽으로 집어 던지고 있었어. 그렇게 거친 파도 속에서 수면 위로 올라왔다가 들어가기를 반복하고 있을 즈음 난 입만 겨우 벌리고 손으로 무언가를 잡으려고 하는 또 다른 나의 모습을 볼 수 있었어.

처음에는 한 명이었다가 계속 반복될수록 두 명, 세 명, 여러 명의 날 볼 수 있었지. 그리고 마지막으로 물을 한 움큼 삼켰을 때 난 진한 커피 향을 느낄 수 있었어. 그 커피 향을 더 깊게 느끼기 위해서 눈을 감고 깊게 숨을 들이마시는 순간 난 파도 속에서 빠져나왔고, 다시 눈을 떴을 땐 내 앞에 물에 젖은 책 한 권이 놓여 있는 것을 볼 수 있었지.

책을 펼치자, 그 안에는 방금 보았던 내 모습들이 그대로 그려져 있었어. 페이지를 넘길 때마다 난 더 극심한 파도 속에 잠겨 갔지. 상황이 더욱 안 좋아지고 있다는 것을 직감할 수 있었어. 이대로 바라보고만 있다가는 마지막 페이지에서 파도 속에 잠겨 버린 날 보게 될 것만 같았어.

난 눈을 감고 내가 지금 무엇을 해야 할 것인지 되뇌었지. 후회하기에는 너무 늦었기 때문에, 이제 운명을 받아들이고 결정을 내려야 했어. 결국 난 문어에게 받은 수많은 감정을 바닷속으로 던져 버려야겠다 결심했고, 그 즉시 물에 젖은 책 속으로 다시 뛰어들었어.

그리고 그제야 칠흑 같던 바닷속으로 한 줄기 태양 빛이 들어오
는 것을 느낄 수 있었지. 난 잠시 수면 위로 올라가지 않고 여러 갈
래로 나누어진 태양 빛에 감싸안긴 채, 흔들리는 물살에 내 몸을 맡
겼어. 코끝이 찡해 오며 너의 모습이 떠올랐고 난 다시 바닷속을 헤
쳐 나가기 위해 몸을 회전시켰어. 내가 찾을 수 없는 그곳에 도착하
기 위해서.

열두 번째 편지

나의 두려움과
거짓말

사랑하는 더미야.

더미야, 넌 혹시 하늘나라에서 '율리스'의 강아지 '아르고스'를 만났니?

난 오늘 '호메로스'의 '오디세이아'를 읽었어.

내가 고향으로 1년 만에 돌아왔을 때, 너의 상황이 어땠었는지 설명하기 위해서 이거보다 더 적합한 소설은 없을 거야.

'율리스'가 20년 만에 고향으로 돌아왔을 때, 거지로 변장하고 있는 그를 유일하게 알아본 것은 그의 개 '아르고스'였어… 하지만 '아르고스'는 율리스가 없던 삶이 너무나 슬펐기 때문에 20년 만에 주인을 다시 만나고 난 후 곧 하늘나라로 떠났단다.

난 그 당시 프랑스에서 돌아왔을 때, 팬데믹으로 2주간의 격리를
해야 했어.

옥탑방에서 긴 2주를 보내고 자가 격리가 끝나던 날, 널 다시 만
났던 그 순간을 잊을 수가 없다.

널 보기 위해서 누나 방에 들어갔을 때 넌 침대 위에 앉아서 멍하니 허공을 바라보고 있었어.

넌 아무것도 보이지 않았기 때문에, 네가 눈이 보였었던 옛 시절의 추억들을 상상하며 소리로 추억들을 찾고 있었을지도 몰라.

아니, 어쩌면 넌 그럴 기운조차 없었을 거야.

얼마나 오랜 시간을 그렇게 멍하니 소리만 듣고 있었니…. 너에게 어둠은 얼마나 답답했을까….

난 축 처진 네 뒷모습만으로 네가 얼마나 활력을 잃었는지 한눈에 알 수 있었어.

눈이 보이지 않던 너에게 침대 위에 머무르는 느낌은 마치 절벽 위에 혼자 덩그러니 놓여 있는 기분이었을 거야.

누나가 널 잘 보살펴 주었다는 것은 잘 알고 있지만, 수많은 날을 산책도 못하고 하염없이 침대 위에만 앉아서 허공을 바라보았을 널 생각하니 내 가슴이 무너져 내리는 것 같았어. 네가 간신히 침대 위에서 일어났다고 해도 한 발 한 발 내디딜 때마다 푹푹 꺼지는 침대 위가 얼마나 불편했을까….

그렇게 널 한참 바라보다가, 마침내 내가 널 불렀을 때, 넌 예전처럼 날 반길 힘도 없어 보였고 일어나서 날 제대로 바라보지도 못했어. 그렇게 우리는 한참 동안을 안고 있었지.

그리고 우리는 함께 나와 아내가 살고 있는 집으로 돌아왔어. 난 기운이 없던 네가 빨리 예전처럼 활력을 되찾기를 바랐어.

우리는 다시 산책도 시작했고, 늘 함께 붙어 있었지. 조금이나마 마음의 평화가 찾아오는 것 같았어.

하지만 조금 나아지는 것 같던 너의 컨디션도 저녁이 되면 다시 원상태로 돌아왔고 잠자리에 들 때면 호흡도 더 거칠어지는 것 같았어. 그렇게 조금씩 밤새 잠을 자지 못해서 뒤척이는 날이 늘어나자 비로소 이 상황이 내 어리석은 희망과는 아무 상관 없이 빠르게 악화되고 있음을 알게 되었지.

내가 프랑스에 있는 동안 누나는 늘 더미는 잘 참고 있다고 너무 걱정하지 말라고 얘기했었지만, 그건 단지 내가 걱정할까 봐 했던 거짓말이었던 거야. 넌 이미 내가 돌아오기 몇 달 전부터 밤잠을 이루기 힘들 만큼 아팠을 거야.

난 늘 널 걱정했지만 진실은 내 두려움이 부족했던 거고, 넌 그런 내가 없는 동안에도 묵묵히 모든 것을 견뎌 내었던 것뿐이야. 얼마나 외롭고 많이 힘들었니 더미야….

그날부터 나와 누나 그리고 내 아내는 네 건강이 회복되도록 온갖 좋은 음식과 약을 찾아서 먹이기 시작했어. 집과 멀리 떨어져 있는 병원이었지만 경험이 많고 진정성 있는 선생님을 알고 있었기에 희망을 품고 통원 치료도 받기 시작했지.

그리고 누나는 매일 저녁 널 위한 건강식을 만들어 주었어. 나 없이 힘들어하는 널 그저 바라볼 수밖에 없던 예전보다는 지금이 오히려 희망적이라고 느꼈던 것 같아. 정말 열심히 좋은 재료, 필요한 음식 재료를 알아내서 만들어 줬으니까…

하지만 그건 우리의 희망이었을 뿐 크게 달라지는 것은 없었어. 넌 낮에만 조금씩 걸어 다닐 뿐 결국 밤이 되면 잠을 이루지 못해서 힘들어했어. 그렇게 얼마의 시간이 흐른 후, 내가 와이프와 결혼기 념일로 외식을 하기 위해 누나의 집에 널 맡기던 날, 넌 집에서 쓰러 져 머리를 부딪히고 말았지…. 정확히 내가 한국에 온 지 26일 만에 일이었어.

하지만 나와 누나는 절대 희망을 버리지 않기로 약속했어. 그 뒤로 너는 결국 5일 만에 세상을 떠났지만…. 세상에서 가장 슬펐던 그 5일 동안, 난 우리가 처음 만났던 기적 같은 일보다 더 큰… 말로 표현할 수 없는 신비스러운 것을 너로 인해 경험하게 되었단다.

147

열세 번째 편지

나의 침대

사랑하는 나에게

네가 얼마나 오랜 시간 동안 어둠 속에 있었는지 알면 정말 놀랄 거야. 빛이라고는 달밖에 없는 작은 배안에서 한참을 떠다녔지. 무엇이 두려웠던 걸까. 난 내 의지대로 선택하면 할수록 영원히 돌아오지 못하는 길로 가 버릴까 봐 두려웠던 것 같아. 그저 내 호흡이 거칠어지지 않도록 매일매일 기도했지.

왜냐하면 내가 흥분하는 순간 날 통제해 주던 무언가가 무너져 버려 발작을 일으키게 될 것만 같았거든. 아무것도 스스로 선택할 수 없는 자가 가질 수 있는 것은 오직 희망뿐이잖아.

그 희망의 크기는 선택할 수 있는 자의 것들과는 비교할 수 없을 만큼 거대할 거야. 그렇기에 그 희망이 사라져 버리면 광활한 빈자리에서 중심을 잃고 더 이상 일어나지 못하게 되는 것이 아닐까.

난 한없이 방향을 잃은 채로 떠다녔지만, 희망 같은 감정을 갖지 않으려고 노력했지.

애초부터 아무것도 기대하지 않았던 것처럼 태연하게 기다려야
했어.

네가 날 한없이 기다렸던 것처럼.

계속해서 시계 초침 소리만 들려왔지. 쨍 깍 쨍 깍!

난 불안한 예감을 떨쳐 버릴 수 없었기 때문에 다시 눈을 감았어….

그리고 또다시 깊은 잠에 빠져들었어.

눈을 떴을 때 난 너무나 밝은 빛에 둘러싸여 있었어.

현기증을 느낀 난 또다시 눈을 감았지….

그리고 또다시 눈을 떴어.

비로소 이곳이 Sirius라고 믿고 싶었기 때문에….

그래 이곳은 Sirius가 분명했어. 난 내가 알고 있는 방법으로 이곳
을 찾을 수 있다고 생각하지 않았으니까.

난 주머니를 더듬어 나의 민들레꽃을 꺼내 들었고, 그때 처음으
로 난 나의 늙어 버린 손과 새하얀 홀씨로 변해 버린 민들레를 보게
되었지.

난 다음으로 무엇을 해야 할지 몰라서 주위를 두리번거렸어.

그 순간 바람이 내 얼굴을 스치는 것이 느껴졌고, 내 손에 들고

있던 민들레의 가느다란 잎줄기가 바람에 양쪽으로 흔들렸지.

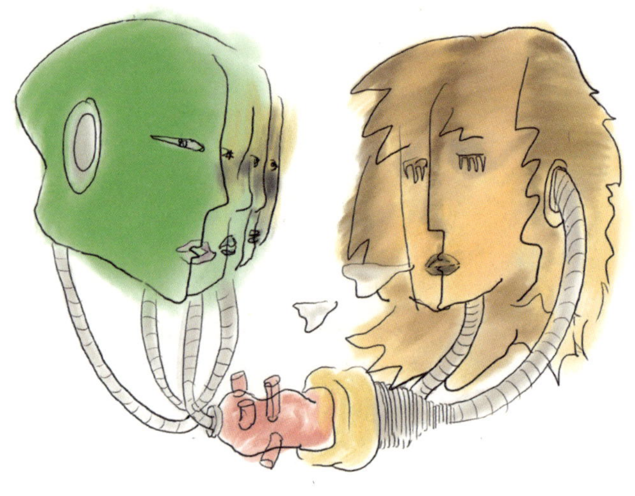

연약해 보이는 그의 줄기가 바람에 꺾일까 봐 내 심장이 움츠러

들었지만 난 그저 똑바로 바라보아야 했어.

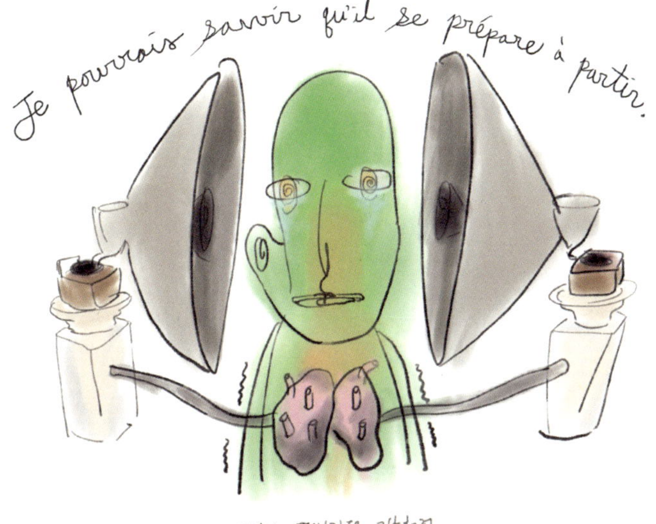

머리가 떠나가던 그날처럼

호흡은 가빠지고 있었고 내 귓가에는 내 숨 소리가 요동치고 있었지.

민들레는 바람에 반항하기보다는 힘을 빼고 그저 춤을 추듯이 바람을 맞이하고 있었어⋯.

난 알 수 있었지. 그가 떠날 준비를 하고 있다는 것을.

사랑하는 하나의 존재들이여! 민들레꽃은 그렇게 허무하게 떠나겠지만 난 더 이상 시계 소리에 불안해하지 않아.

나는 이곳이 Sirius 별임을 확신해.

-Dumie-

159

열네 번째 편지

마지막
너의 메시지

사랑하는 더미,

2020년 5월 31일 새벽 2시경 네가 우리 곁을 떠나던 날⋯

어쩌면 넌 그날 일어날 일을 모두 알고 있었을 거야.

난 아직도 그날 너의 다급했던 목소리를 선명하게 기억하고 있어.

마치 15년 전 네가 우리 집 앞에 찾아와 다급하게 울부짖었던 그 때처럼.

네가 떠나던 날 새벽, 고개를 떨구기 직전 그토록 힘겹게 외쳤던 다섯 번의 포효는 무슨 뜻이었을까. 입조차 가누지 못하고 쓰러져 있던 네가 무슨 힘으로 그렇게 울부짖을 수 있었던 거야. 왜 마지막까지 그렇게 최선을 다한 거니. 난 지금도 그 순간을 믿을 수가 없어.

그날 넌 우리 모두를 놀라게 했어. 마지막 포효가 끝남과 동시에 힘없이 고개를 떨구었으니까. 그렇게 너와의 이별은 내가 예상하지 못한 순간에 찾아왔어. 와이프는 놀라서 네 이름을 부르며 눈물을 흘리고 있었지만 난 눈물조차 나오지 않았어.

심장은 빠르게 뛰고 있었지만 침착하게 널 담요 위에 눕히면서 혼잣말을 중얼거렸던 것 같아. "됐어, 이제 더미가 간 것 같아. 이제 더 이상 아프지 않아도 돼. 잘 됐어!" 하지만 그 순간 갑자기 다시 확인하지 않으면 안 될 것 같아서 널 들쳐 안고 다급하게 인공호흡을 시도했었지.

그리고 그 행위가 마지막 너의 시간을 더 힘들게 할 수 있다는 느낌이 들던 순간에 난 비로소 총을 바닥에 내려놓고 손을 머리 위로 드는 범인처럼 나의 욕심을 내려놓았어. 아주 잠시나마 모든 일이 잘 마무리되었다며 알 수 없는 감정들이 날 달래 주는 것 같았어.

그리고 울고 있는 와이프도 달래 주었지.

이제 더 이상 네 맑은 영혼을 너의 눈을 통해서 느낄 수 없다는 사실이… 너무 혼란스러웠지만 그날 그 새벽은 날 위한 시간이 아니었기에 감히 그 혼란을 열어 볼 수 없었어.

그렇게 우리는 그날 새벽을 보내고 있었어. 그리고 너와 가장 오랜 시간을 보냈던, 널 너무나 사랑했던 누나와 함께 우리 셋은 네가 그토록 좋아했던 공원을 마지막으로 산책했지. 혹시 너도 마지막 산책을 하늘나라에서 보고 있었니? 우리는 너의 영혼이 계속 함께하고 있다고 생각했어. 그래서 나와 누나는 네가 너의 모습을 보고 놀라지 않기를 바라며 최대한 침착하려고 노력했지.

네가 늘 기다리던 밤의 산책…. 그 공원의 풀 냄새, 강바람, 네가 뛰어놀던 잔디밭을 계속해서 걸었어.

여전히 마음속에서는 이제 못 보는 거라는 생각이 떠나지 않았지만 널 품에 안고 바라볼 수 있는 이 시간 또한 마지막이기에 집중하지 못하면서도 집중해서 네가 좋아했던 장소들을 놓치지 않으려고 했지.

그리고 내가 프랑스에 있는 동안 너와 누나와 자주 함께 앉아서 쉬던 그 벤치에서,

누나가 널 안고 기도를 드리는 모습은 누나 품에서 네가 고이 잠든 것 같은 아름다운 모습으로 내 가슴속에 기록되었단다.

그렇게 사랑과 두려움으로 뒤섞인 짧았던 밤이 지나고 사랑스러웠던 너의 몸은 한 줌의 재가 되었어. 그리고 하얀 돌들로 만들어져 나에게 다시 돌아왔지.

난 지금도 매일 밤 그 돌들을 손에 쥐고 신께 기도드리고 있어.

우리가 둘 다 젊었었던 그 시절들. 내가 세상의 중심이라고 착각했던 어린 시절에는 종교들에 대해서 적지 않은 관심을 가졌었지. 신은 없다고 말하는 멋진 아티스트들을 흉내 내고 싶었던 적도 있었어

그래 누군가는 어리석다고 비난할 수 있지만… 널 위해서, 그리고 날 위해서 할 수 있는 것은 기도밖에 없었어. 비로소 난 신께 기도 드릴 수 있게 되었단다. 하지만 아무리 기도를 드려도 난 아직 잘 모르겠어. 네가 떠나기 전에 애타게 나에게 전하려던 말이 무엇이었는지.

너무나 운명처럼 나에게 다가와 아름답게 떠나간 더미야,

오늘 밤은 내 옆에 와서 그날의 마지막 작별 인사에 대해서 알려 줄 수 있니? 그리고 늘 그랬던 것처럼 내 배 위에서 편하게 기대어 쉬렴.

우리가 다시 만나는 순간이 왔을 때는… 내가 먼저 달려가서 널 꼬옥 안아 줄게.

외로워하지 마, 늘 내가 너를 생각할 테니.

사랑하는 우리 더미.

더미를 위한 기도

"하나님 우리 더미가 당신의 품 안에서 항상 행복할 수 있게 해 주시고 외롭지 않게 보살펴 주십시오. 그리고 그곳의 시간은 이곳과 달리 너무나 느려서, 사랑하는 더미가 낮잠에서 깨어날 때쯤이면 이승에서의 제 삶은 끝나있기를, 그가 더 이상 저를 기다리지 않아도 될 수 있기를 기도합니다.

마지막으로 세월이 지나 저의 모든 기억이 희미해지더라도 더미를 향한 사랑과 그리움만큼은 늘 지금처럼 변함없기를 주님께 간절히 기도드리겠습니다."

이 책은 희망과 확신을 가지고 나의 Dumie에게 바칩니다.

저자후기

이 책을 읽어 줄 많은 분이 사랑하는 존재와 이별 후 마주하게 될 현실 속 자신의 모습들을 담담히 뒤돌아보고, 무한한 사랑의 힘으로 아픈 마음들을 치유받기를 간절히 기도합니다.

그의 무한한 사랑에 존경을 표하며.

– 저자 더미 –

사랑하는 더미

'더미'는 '덤'을 발음하기 쉽게 변형한 것이며, 보너스 선물을 의미합니다.